AF257712

ORDONNANCE

DE MONSEIGNEVR

L'EVESQVE DE BAZAS.

TOVCHANT L'ESTABLISSEMENT
d'vn Seminaire dans sa Maison Episcopale.

POVR ESPROVVER ET PREPARER
CEVX QVI DOIVENT
estre admis aux saints Ordres.

A ROVEN,

Chez Loüys du Mesnil le jeune, ruë aux Iuifs:
à l'Image de S. Loüys.

M. DC. XLVI.

(2)

ORDONNANCE DE

Monseigneur l'Euesque de Bazas, touchant l'establissement d'vn Seminaire dans sa Maison Episcopale, pour esprouuer & preparer ceux qui deuoient estre admis aux saincts Ordres.

ENRY par la misericorde de Dieu, & par la grace du S. Siege Apostolique Euesque de Bazas: A tous ceux qui ces presentes verront, Salut en Nostre Seigneur.

Dieu nous ayant fait la grace de connoistre & de ressentir plus viuement que jamais la pesanteur de la charge Episcopale, que les Saints ont dit estre capable d'effrayer les Anges mesmes, & nous ayant inspiré par sa misericorde vn grand desir de ne rien obmettre de ce qui seroit en nostre pouuoir, pour nous acquitter des obligations que nous im-

Concil. Tridentin. sess 6. c. 1. de Reform. Ex Hier.

A 2

pose vn Ministere si sacré & si dificile.
Nous auons estimé, qu'vn de nos premiers soins deuoit estre de rechercher
l'assistance d'vn bon nombre d'Ouuriers
fidelles, qui nous aidassent à suppor-
ter vn si lourd fardeau, & nous secou-
russent parmy tant de trauaux qu'il
nous faut entreprendre, & dont la seu-
le veuë nous estonne, lors que nous es-
leuons nos yeux pour considerer combien la moisson est grande, & combien
le nombre des Ouuriers est petit. Et
comme, lors que Nostre Seigneur Iesvs-Christ fit faire cette mesme
reflexion à ses Apostres, il leur recommanda de prier le grand Maistre de la
moisson d'euuoyer des moissonneurs.
Nous côjurons aussi de tout nostre cœur
tous ceux de nostre Diocese, qui ont
quelque ressentiment pour la gloire de
Dieu, & pour le bien de son Eglise de
joindre leur prieres aux nostres, afin
d'obtenir de sa Diuine Bonté, qu'elle
nous fauorise d'vn secours si necessaire,
en nous donnant de bons Ecclesiastiques, qui puissent seruir vtilement auec
nous les ames qui nous sont commi-
ses, & dont les besoins extrémes

ne se peuuent assez déplorer. Et
d'autant que les Ecclesiastiques ont vne
double obligation de demander à Dieu
cette grace, de laquelle ils doiuent estre
eux-mesmes les organes, s'ils ne veulent estre jettez dans les tenebres exterieures comme seruiteurs inutiles , &
qu'il faut ainsi qu'ils trauaillent plus que
tous les autres pour l'acquerir par toutes sortes de prieres, d'actions & d'exercices proportionnez a la sainteté de leur
charge, n'oublians rien de ce qu'ils sont
tenus de faire pour se rendre dignes Mi-
nistres de IESVS-CHRIST, & fidelles dispensateurs des Mysteres de
Dieu : Nous ne nous contentons pas de
les exhorter seulement à satisfaire à leur
deuoir, mais nous nous croyons obligez
de leur offrir en mesme temps vne assistance particuliere, en les inuitant auec
toutes les tendresses que la Charité de
IESVS-CHRIST, nous presse d'a-
uoir pour des personnes qui nous sont
aussi cheres qu'elles nous sont vnies par
les liens de la grace & du Ministere de
l'Eglise,de venir aussi-tost que leur com-
modité leur permettra dans nostre Maison Episcopale, pour s'y appliquer dans

le repos & l'attention d'vne sainte re-
traitte, à la priere, aux lectures, & aux
conferences spirituelles, où ils pourront
s'instruire de tout ce qui les peut rendre
plus propres a s'acquitter dignement
des obligations de leur Ministere. Et
pour leur tesmoigner auec quelle affection nous leur offrons ainsi & nostre
Maison & nostre table; nous declarons
que desormais nous auons arresté de ne
conferer aucun Benefice, & principalement ceux qui ont charge d'ames, ny
donner aucun tiltre sur quelque presen-
tation ou resignation que ce soit, sinon
à ceux que nous trouuerons disposez
se retirer ainsi en nostre Maison Episcopale, pour y vacquer aux exercices de
pieté & de doctrine, autant de temps
que nous jugerons necessaire, selon la
qualité des personnes & des Benefices.
Car nous sommes obligez de nous asseurer pleinement de la probité & de la suf-
fisance de tous ceux que nous admettons
aux charges Ecclesiastiques, mais principalement de ceux à qui nous commet-
tons la charge des ames pour lesquelles
I E S V S - C H R I S T est mort. C'est
l'aduis qu'vn grand Pape donnoit autre-

fois aux Euesques d'Espagne. Il faut
(disoit-il) que ceux qui doiuent auoir le
soin de corriger les autres, soient eux-mesmes irreprochables, & qu'il n'y ait rien à
redire en celuy qui preside à la conduitte des
autres ; & si quelqu'vn desire sçauoir quel
doit estre le merite d'vn Pasteur à qui on
confie le troupeau de I E S V S-C H R I S T,
qu'il considere qu'il est le prix de ce troupeau, & qu'il a cousté tout le Sang d'vn
Dieu. Il ne faut donc pas en abandonner
le gouuernement aux premiers venus, mais
seulement à ceux qui auront donné de lon-
gues preuues de leur bonne vie, & qui
se seront pleinement instruits de toutes les
veritez qu'ils doiuent enseigner. Il faut
que leur vertu soit consommée, & qu'au
lieu d'auoir besoin d'estre fortifiez par les
bons exemples des autres, ils soient eux-
mesmes l'exemple & l'edification de tous
les fidelles. Le merite de leur vie les doit
autant éleuer par dessus le peuple que leur
dignité, puis qu'ils doiuent prier pour le
peuple. Il est donc necessaire d'employer beaucoup de temps & beaucoup de soin, pour for-
mer dans la pieté & la sainteté ceux qui
doiuent estre la lumiere du monde, & de les
obliger de passer par toutes les prattiques

Hormis-
das E-
pist. ad
Episc.
Hispan.

de l'obeïſſance Clericale, afin qu'ils ſe rendent tels qu'eſtans éleuez de degré en degré aux plus hautes fonctions, ils ne s'en enflent pas, mais en deuiennent plus humbles. Et parce que nous auons encore vne liberté plus abſoluë en la collation des ſaints Ordres, de ſuiure les regles de l'Egliſe, & que nous voyons manifeſtement que là ſource de tous les abus qui deshonorent le Clergé, eſt le peu de preparation auec laquelle on s'y engage d'ordinaire, & qu'vn ſi grand nombre de perſonnes, faute d'examiner leur vocation y entrent, ſelon qu'il eſt dit dans l'Euangile, en larrons ou en mercenaires : Nous auons reſolu d'employer tout noſtre pouuoir & tout noſtre ſoin pour remedier à vn deſordre ſi pernicieux. Il eſt vray que nous auons eſſayé cy-deuant d'y apporter quelque ordre par les exercices ſpirituels que nous auions touſiours fait faire ſans y manquer, en noſtre Maiſon Epiſcopale, à tous ceux qui ſe preſentoient aux Ordres l'eſpace de dix-ſept jours continus, auant que de les admettre à la ſainte Ordination. Mais apres auoir peſé

ces choses plus meurement , & confi-
deré de prés le peu de fruit que nous
auons veu de des exercices de si peu de
durée , nous auons creu ne pas satisfaire
pleinement aux deuoirs de nostre
charge, si nous nous contentions d'vn
remede que nous auons trouué si defe-
ctueux. Car l'experience nous a fait
voir, qu'il estoit impossible de discer-
ner les esprits , ny de recognoistre les
dispositions du cœur en si peu de temps.
Il n'y a point d'ame malicieuse ou in-
teressée qui ne puisse contraindre son
humeur sans beaucoup de peine durant
deux ou trois semaines , & qui ne se
captiue aisément à faire durant quelques jours par hypocrisie , toutes les
actions exterieures qui passent pour des
tesmoignages de deuotion : Mais ceux-
mesmes qui pouuoient embrasser ces e-
xercices auec plus de sincerité, se pouuoient facilement tromper eux - mesmes , & prendre de simples pensées,
qu'vn reglement exterieur & extraor-
dinaire fait naistre dans les esprits, pour
cette grande pureté de cœur , & ces
saintes dispositions que demande vn
Ministere si Diuin: Et quand ils auroient

B

eu defia quelque commencement d'vne veritable pieté, ils n'auoient pas le loifir de fe fortifier & de s'enraciner dans la folidité de la facrée dilection, fans laquelle on ne peut pas eftre capable du Miniftere des ames, que IESVS-CHRIST n'a voulu commettre au Prince de fes Apoftres, qu'apres luy auoir recommandé plufieurs fois la perfection de fon amour. Et de plus, il ne nous femble gueres raifonnable de donner des bornes au Saint Efprit, qui fouffle où il luy plaift, & quand il luy plaift, ny de l'affujettir de communiquer fes lumieres & fes graces dans vn certain nombre de jours, comme fi on vouloit prefcrire vn temps, & vn temps fi court à la mifericorde du Seigneur, felon la plainte qu'en faifoit vne fainte Femme dans l'Efcriture, & comme fi toutes fortes de perfonnes pouuoient efgalement pretendre ces faueurs & ces benedictions diuines, ou qu'elles peuffent eftre reglées par vne mefme maniere de conduitte. Enfin c'eft vne plainte generale des Papes, des Conciles, des Peres, & qui ne paroift que trop jufte aux perfonnes equitables, que

Iudic. c. 8 v. 13.

Cœleftin. Epift. ad Epifc. Prouincial.

*nous ayons vn si bas sentiment de la plus
haute & plus difficile profession qui soit
sur la terre, que de s'imaginer qu'on puisse
estre capable de l'exercer comme il faut,
en moins de temps que n'en demande la profession des sciences humaines, ou mesme
l'apprentissage des arts mechaniques; Et
ils disent, que c'est vne arrogance & vne
impudence insupportable, que de vouloir
s'éleuer aux charges de la milice celeste, &
dans les plus eminentes dignitez du Royau-
me de* IESVS-CHRIST, *auec plus de
precipitation & moins d'espreuue, que
les Princes de la terre n'en desirent en ceux
qu'ils choisissent pour le commandement de
leurs armées, & pour l'administration
des Magistratures seculieres.* L'exemple
de ce que font les Reguliers pour l'espreuue de leurs Nouices, & de ceux-
mesmes qu'ils destinent aux seruices les
plus bas de leurs Monasteres, nous doit
faire ouurir les yeux, pour apporter au
moins les mesmes precautions en ceux
que nous voulons auancer aux fonctions
les plus sacrées de l'Eglise de Dieu.
Est-ce agir par l'Esprit qui l'anime, que
de faire si bon marché du Sacerdoce,
qu'il n'y ait rien de plus facile à obtenir;

B b 2

Zozimus
Epist. ad
Hesych.
Salonit.

quoy qu'il n'y ait rien de si difficile que
de s'en bien acquiter? Ces petits essais
& ces courtes espreuues de nos exercices passez, ne nous peuuent plus satisfaire: Aussi n'est-ce point par de nouuelles inuentions de l'esprit humain, que la
Discipline de l'Eglise peut estre resta-
blie, mais par l'obseruation & la prattique de ses saints Decrets, comme c'est
l'Esprit de Dieu qui luy a inspiré ces
loix sacrées. *Il faut craindre,* disoit vn
ancien Pape, *que ce ne soit rejetter les or-*
donnances de Dieu, pour establir des tradi-
tions humaines, que d'introduire des pratti-
ques nouuelles par le mouuement de l'esprit
humain, qui se plaist d'ordinaire aux nou-
neautez, & trouue plus de complaisance à
suiure son propre jugement, qu'à le soufmet-
tre aux reglemens de nos Peres. De sorte
que si au lieu de consulter les Canons Eccle-
siastiques, nous voulons establir de nouuel-
les ordonnances, c'est laisser le fondement,
& bastir sur le sable, & contreuenir au
commandement de Dieu, qui nous ordonne
de ne point passer les bornes que nos Peres
ont establies: ce que les Euesques doiuent
principalement obseruer dans les Ordinations, Car il est certain que les Saints

Peres n'ont rien eu en plus grande re-
commandation, que de preuenir le mal-
heur des Ordinations precipitées que
l'Apostre a si expressément defenduës,
ainsi que remarque le Concile de Sardi-
que, lequel ordonne, *que l'on fasse gar-*
der les interstices vn long espace de temps,
pendant lequel on puisse s'asseurer de la foy,
de la probité de vie, & des autres qualitez
de ceux qu'on Ordonne. On sçait qué l'in-
teruale de ces interstices estoit de plusieurs années, & nous apprenons de
beaucoup d'autres Conciles, le grand
soin que l'Eglise prenoit cependant de
la jeunesse qu'elle destinoit à ses Mini-
steres. Elle choisissoit des enfans de bel-
le esperance, qu'elle separoit dés leur
bas aage de la contagion du siecle, &
les nourrissoit ensemble dans la maison de
l'Eglise, & en la presence de l'Euesque,
sous la conduitte de quelques bons Ecclesia-
stiques, qui leur inspiroient de bonne
heure la crainte & l'amour de Dieu, le
mespris du monde, l'esprit d'oraison, le
zele des ames, & l'affection aux saintes
Lettres; *les preparans ainsi durant plusieurs*
années à la grace de l'Ordination par toutes
sortes d'exercices de vertu & de doctrine.

Conc.
Sard. c.
10.

Conc.
Tolet. 2.
c. 1.

Concil.
Tolet. 4.
c. 24.

C'eſt ſur vne ſi ſainte prattique que le Concile de Trente apres auoir reuouuelé tous les anciens Canons de la diſcipliꝰ ne Eccleſiaſtique touchant les Clercs, a expreſſement ordonné l'inſtitution des Seminaires, que le grand Saint Charles eſtablit en ſa Prouince auec tant de ſuccez. Mais encore que l'execution d'vn reglement ſi ſaint ſoit fauoriſée par les Ordonnances de nos Roys Tres-Chreſtiens, elle eſt neantmoins ſujette à de grandes longueurs, à cauſe des formaliꝰ tez qu'il faut obſeruer en cette ſorte d'eſtabliſſement, auquel pluſieurs perſonnes doiuent contribuer, iuſques à ce qu'il y ſoit pourueu par vnion de Beneſices ſuffiſans; & cependant les neceſſitez extrémes de ce Dioceſe ne peuuent ſouffrir de remiſes, ſans nous mettre en danger de nous rendre coupables du ſang des ames, qui ſe pourroient perdre en attendant, faute de ſecours, que nous ſommes obligez de leur donner dans toute l'eſtenduë de noſtre puiſſance. C'eſt pourquoy iuſques à ce qu'il plaiſe à la Diuine Prouidence de nous faciliter les moyens d'eſtablir quelque choſe de ſtable en noſtre Dioceſe, nous auons pris

Conc. Trid.ſeſſ. 23 c. 8. & ſeſſ 22. c. 1. de reform. & ſeſſ 23. c. 16.

Ordonnance de Blois art. 24.

resolution de faire seruir noftre Maison
Epifcopale de Seminaire, declarant tres-
expreffement que nous n'admettrons
perfonne aux Ordres , ny mefme à la
Tonfure , qui n'ait *demeuré pour le moins
on an* (felon qu'il eft ordonné par les
faints Canons) en noftre Maifon fous
noftre conduite , & fous celle de perfonnes que nous deputerons , non feulement
pour examiner leur doctrine , mais pour
obferuer leurs deportemens , & les dif-
pofer à loifir à vne profeffion fi facrée ,
par l'exercice des fonctions & des vertus conuenables à chaque Ordre , *afin
que ne faifant rien à la hafte , nous ne per-
mettons pas qu'on defrobe par vne precipitation indifcrette , ce qui ne doit eftre donné
qu'à ceux dont la vie & la capacité ont
efté bien efprouuées.* Et nous ne croyons
pas que perfonne ait fujet de nos accu-
fer d'être trop exacts ou trop fcrupuleux
en cecy , ne faifant rien que ce que l'E-
glife nous ordonne , & ce que le grand
Apoftre nous recommande , lors qu'il
defend *de donner à la hafte l'impofition des
mains fur peine de fe rendre complice des pechez d'autruy :* Nous ne craignons pas
non plus qu'on nous puiffe reprocher,

Con.
Arel. 3 c.
2.
Conc.
Aureliã
3. c. 6.
Conc.
Aurel. 5.
c 9. Cõc
Turo. 3.
c 12.

Innoc. I,
ep. ad
Felic.
Nuceriã.
Ep.

Concil.
Meld. c.
52.

Ex Can.
51.

que ces precautions qui ne peuuent pa-
roiſtre nouuelles , qu'à ceux qui ſont
nouueaux dans la doctrine des Saints
& dans la diſcipline de l'Egliſe , cau-
ſeront peut-eſtre vne diſette d'Eccleſia-
ſtiques en noſtre Dioceſe. Car outre que ce
n'eſt-pas remplir le Clergé , mais le des-
honnorer, , & violer tout enſemble la ſain-
teté du Miniſtere , que de le proſtituer à
ceux qui en ſont indignes ; il ſera touſiours
vray de dire , que comme il ne peut jamais y auoir aſſez de bons Eccleſiaſti-
ques , il n'y en aura touſiours que trop
de mauuais , & qu'vn petit nombre de
vertueux & de capables , ſera de meilleure
edification , qu'vn grand nombre de vi-
cieux ou d'ignorans. Or comme ceux-cy
ſont les premiers à ſe preſenter , au lieu
que les autres s'en eſloignent, il faut autant de diſcretion à bien eſprouuer ceux
qui s'offrent, que de ſoin & de zele, pour
découurir ces autres grandes ames éleuees,
que Dieu y appelle en meſme temps qu'il les
cache , comme ſes plus precieuſes richeſſe.
Car il fait comme les riches qui craignent
d'eſtre volez , il ſerre ſes threſors, & les
dérobe aux yeux des hommes , afin qu'ils ne
ſe perdent pas , & que nous nous mettions
en peine

Gelaſ.
epiſt. ad
Epiſc.
Lucan.

Ti. 5. 22.

Veranus
Epiſcop.
Cabill.
tom. 2.
Concil.
Gall.

Gregor.
lib 6. in
1. Reg.
c. 3.

en peine de les chercher, ne pouuant les
trouuer qu'auec beaucoup de diligence, &
apres des recherches continuelles. Mais puis
que ceux - mesmes qui demandent les
Ordres ont le principal interest de se
bien preparer à l'Ordination, à laquelle
ils ne peuuent pas entrer disposez, ny
esperer la grace de l'eslection, s'ils ne
s'esprouuent eux - mesmes auparauant; ils doiuent benir Dieu les premiers de ce
qu'il nous inspire la volonté d'appor-
ter tout ce que nous pouuons à ce qu'ils
ne s'engagent pas si malheureusement
a vne condition aussi perilleuse qu'elle
est eminente. Toutes ces espreuues de
doctrine & de pieté que nous leur pro-
posons, ne sont que pour asseurer leur salut, en asseurant leur vocation dans vn
Ministere, qu'on ne doit embrasser qu'apres
vne meure deliberation, puis que c'est pour
toute la vie, qui doit continuellement res-
pondre à la sainsteté d'vn Caractere inef-
façable. C'est ce qui nous fait esperer,
que comme nous faisons ce reglement
par les mouuemens d'vne charité toute
Paternelle enuers nos Diocesains, ils le
receuront aussi auec vne reconnoissance
filiale, & qu'ils ne feront pas comme

Symmac.
Papa Ep.
5. ad Ce-
sar
Arelat.

Felix Pa-
pa Ep. 4.
ad Cesar.
Arelat.

C c

par contrainte, ce que nous defirons leur
voir embraſſer volontairement, & par
vn eſprit d'amour. Car noſtre intention
n'eſt pas de les traitter en eſclaues, mais
comme nos enfans bien-aymez, & auec
toutes les tendreſſes qu'ils doiuent atten-
dre de celuy qui les cherit en veritable
Pére. Et c'eſt dans la ſincerité de ce ſentiment que nous declarons encore, que
nous ſouhaitterions paſſionnément qu'-
ils ſe preſentaſſent le pluſtoſt & le plus
grand nombre qu'il ſeroit poſſible, pour
nous donner promptement la conſola-
tion de voir noſtre Maiſon remplie de
perſonnes qui reſpiraſſent la gloire de
Dieu & le ſeruice de ſon Egliſe. C'eſt en
cette ſorte de deſpenſe que nous deſirons
conſommer tout le patrimonie de IESVS
CHRIST dont nous jouïſſons, afin
d'éuiter les reproches que faiſoit vn
grand Pape *à ceux qui ſe haſtoient de don-*

Siricius
ep. ad
vniuerſ.
Epiſ. c. 2.

ner les ſainɛts Ordres aux premiers venus,
pour ſauuer les frais qu'il euſt fallu faire en
les retenant autant de temps qu'il eſt neceſ-
ſaire pour les éprouuer, faiſant ainſi meil-
leur marché du Sacerdoce que de leur reuenu.
En fin pour teſmoigner d'auantage que
nous parlons de l'abondance du cœur,

S'il y a quelques personnes qui recon-
noissent en leurs enfans quelques at-
traits particuliers au seruice de I E S V S-
C H R I S T , nous les conjurons de venir nous les presenter , les asseurans que
si nous les jugeons propres , nous les re-
ceurons auec toute sorte d'affection,
& n'espargnerons ny soin ny despense
pour les disposer de bonne heure à suiure la volonté & la vocation du souue-
rain Pasteur de nos ames. Car à moins
que de les separer ainsi de la corruption
du monde , pour leur inspirer dés leurs
plus tendres années des sentimens de
la pieté Chrestienne , auec les estudes
des bonnes lettres , veillant sur eux &
priant pour eux sans cesse , afin de les
conseruer dans l'innocence & les for-
mer à la vertu dans vne institution par-
faitement reglée , nous croyons extré-
mement difficile que lors qu'ils seront
en aage d'entrer au seruice de l'Eglise,
ils se trouuent dans la disposition que
demandent les saints Decrets , selon
lesquels *ils doiuent auoir tousiours mené* Conc.
vne vie digne de loüange & de recomman- Trid.
dation dans l'exercice des fonctions & des sess 6. c.
vertus Ecclesiastiques dés le commencement 1. de
Reform.

de leur enfance. Et l'on peut attribuer au
defaut de cette Inſtitution, qui eſtoit
autrefois ſi vtilement pratiquée dans
l'Egliſe, les indiſpoſitions de tant de
perſonnes, qui apres auoir paſſé leur
jeuneſſe dans le vice, au lieu qu'ils de-
uroient s'eſtimer heureux d'eſtre mis en
Penitence pour pleurer leurs deregle-
mens paſſez, *ont la preſomption*, comme
diſent les Canons de l'Egliſe Romaine,
*de s'éleuer à la dignité du Sacerdoce, & de
vouloir vſurper la puiſſance de remettre
les pechez aux autres, lors qu'ils ne de-
uroient penſer qu'à expier les leurs propres.*
Or afin que tous nos Dioceſains ſoient
aduertis de noſtre intention, nous en-
joignons à tous les Curez & Vicaires de
noſtre Dioceſe, de publier la preſente
Ordonnance à leurs Proſnes par trois
Dimanches conſecutifs, & d'en certi-
fier noſtre Promoteur, auquel nous or-
donnons d'y tenir la main, & de nous
en rendre compte. Donné en noſtre
Maiſon Epiſcopale de Bazas, le dou-
zieſme Ianuier, 1645. & publié le Dimanche enſuiuant, quinzieſme dudit
mois.

ATTESTATIONS DU
Chapitre de l'Eglise Metropolitaine de Tholose, de ce qui s'est passé en la maladie & en la mort de feu Monseigneur l'Euesque de Bazas.

NOVS Innocent de Ciron, Chanoine & Chancelier de l'Eglise Metropolitaine S. Estienne de Tholose, Raymond de Maran, Chanoine & Grand-Archidiacre, Iean Philippe de Bertier, Abbé de S. Vincent, Chanoine & Archidiacre, Pierre & Louys de Benoist, Chanoine & grand-Chantre, Pierre & Louys de Cartel, Ancien Chanoine, Iean de la Tanerie, Estienne le Boullay, Pierre de Barrassi, Pierre de la Tour de Montenay, Pierre Flouly, Pierre Toussin, François Sabatier, Iean du Four, Bernard Louys la Fond, tous Chanoines & Curez de ladite Eglise : Attestons à tous qu'il appartiendra que le 14. jour du mois de May dernier; Ayans esté aduertis que Messire Henry de Litolfi Marony, Euesque de Bazas, qui estoit malade dans la Maison

dudit Sieur de Bertier , Abbé de Saint
Vincent , situé dans noſtre Cloiſtre, de-
ſiroit receuoir les Sacremens de l'Euchariſtie & Extréme-Onction, ſerions allez
Proceſſionalement aſſiſtez des Preban-
diers & autres habituez de noſtre Egliſe
dans la Maiſon où logeoit ledit Seigneur
Eueſque , & dans icelle l'aurions trouué
dans ſon lit , auquel en noſtre preſence
furent Adminiſtrez les Sacrements de
l'Euchariſtie & Extréme-Onction, par
ledit Sieur du Four Chanoine Commis
par le Chapitre pour faire cét Office, en
laquelle action , fut par Nous particu-
lierement remarqué que ledit ſieur du
Four s'eſtant approché dudit Seigneur
Eueſque , il dit ces paroles les adreſſant
à nous : Saincts Preſtres de Dieu que ie
reuere , que voſtre venuë m'eſt agreable, m'aportant les graces du Ciel , &
luy ayant preſenté le Crucifix pour le
baiſer, il le priſt auec les deux mains &
dit, Sacrée image de mon doux Sau-
ueur qui a voulu mourir pour moy , &
en diſant ces paroles luy baiſa les pieds,
auec demonſtration d'vn ſentiment tres-
affectionné pour Dieu; Comme auſſi lors
que ledit Sieur du Four , voulut dire les

Oraisons que l'on a accoustumé de dire auant la ceremonie de l'Extréme-Onction, ledit Sieur Euesque le pria de hausser vn peu la voix, afin que dit-il, ie puisse bien entendre ces paroles, qui sont si pleines de consolation; & la ceremonie de ce Sacrement estant acheuée, ledit Sieur du Four luy ayant dit quelque mot sur le sujet du Saint Viatique qu'il luy alloit donner, & les dispositions necessaires pour en receuoir les fruits: ledit Seigneur Euesque dit; *Il faut que Dieu les mette en moy, il n'y peut auoir que le bien qu'il y voudra faire, mon Dieu, receuez-vous s'il vous plaist, vous mesme en moy!* Comme aussi voyant que ledit Sieur du Four estoit sur le point de partir de l'Autel, qui auoit esté dressé exprés dans la Chambre dudit Seigneur Euesque, pour luy porter le S. Sacrement, il fist tous les efforts pour descendre du lit, & se prosterner en terre pour le receuoir auec plus de reuerence, & il l'auroit fait sans que ceux qui estoient autour de sa personne l'empescherent auec beaucoup de peine, entre lesquels estoit le Pere Reginald, Religieux reformé de l'Ordre de S. Dominique, Professeur en la faculté de Theologie de l'Vniuersité de Tholose, qui l'auoit oüy de confession, & qui deschargea sa conscience durant sa maladie; & il falut enfin qu'ils souffrissent qu'il se mist à genoux sur son lit, estant soustenu de deux ou trois personnes, toutes lesquelles actions ledit Euesque de Bazas, accompagné de paroles & de signes qui nous donnerent beaucoup d'edification, & nous firent juger, & à tous les assistants, qu'il y auoit des sentiments de Pieté & d'amour de Dieu tres-particuliers, & tres-parfaits en sa personne. Et tout ce que dessus; Nous declarons verité: En foy dequoy nous auons signé le present Acte, & fait apposer à iceluy nostre Seau ordinaire. A Tholose ce 21. Iuin, 1645.

Signé, de CIRON, Chancelier,

Et les autres Chanoines, dont les noms sont cy-dessus.

Et plus du Mandement de Mesdits Sieurs,

BRASSAC, Secretaire.

COPPIE,

COPIE DE LA LETTRE
DV PÉRE REGINALD,
à Monseigneur l'Archeuesque de Tholose sur le mesme sujet.

MONSEIGNEVR,

Ie n'ay osé escrire à vostre Grandeur, estant retenu du respect que ie suis obligé de luy rendre & pour ne rafraischir sa tristesse par mon recit : Mais ayant apris depuis peu que l'on vouloit faire passer la calomnie pour verité, touchant la maladie & la mort de Monseigneur l'Euesque de Bazas : I'ay creu en conscience estre obligé de rendre à la memoire de ce bon Seigneur le tesmoignage de son innocence & vertu ; Il arriua dans Tolose le neufiesme de May, estant tombé malade à son retour de Bearn : Ie le fus voir le douziesme, dés aussi-tost que ie sceus son retour : La premiere parole qu'il me dit ce fut, *qu'il estoit*

mort; Le lendemain 13. du mesme Mois,
il m'enuoya chercher, & fit comme vne
espece de Confession generale, auec tant
d'amertume de son cœur, & des actes
de contrition si feruente qu'il me prouo-
quoit à pleurer ; Ie ne diray autre chose
sur ce poinct, si ce n'est qu'il estoit si at-
tentif aux mouuements interieurs de son
Ame, qu'il prenoit garde aux moindres
reflections de son esprit, & les exprimoit
auec vne candeur & naïfueté incroya-
ble. Apres sa Confession il me dit, *qu'il*
se remettoit entierement à ma disposition,
pour ce qui concernoit la conduitte de son
Ame, & la reception des autres Sacre-
ments. Le Samedy il se confessa deux
fois, à sçauoir, le matin & le soir,
voyant qu'il s'affoiblissoit, & que les
Medecins apprehendoient qu'il ne fut
estouffé d'vn catharre, il me dit, *qu'il*
desiroit receuoir le saint Sacrement de l'Eu-
charistie & de l'Extréme-Onction, si ie
l'en jugeois digne : Les Medecins m'ayant
dit en particulier que son mal estoit fort
dangereux, ie luy dis: (Monseigneur)
ie pense que Nostre Seigneur se doit fortifier par ces deux si puissants remedes;
Le Dimanche matin il se confessa dere-

chef, & me recommanda de luy parler
naïfuement de l'état de fa confcience, &
des affaires de fon Ame. Il fe refolut de
receuoir l'Euchariftie apres Vefpres,
n'ayant pû le matin, à raifon de quelque medicament. Le Reuerend Pere la
Cafe, Recteur de la Maifon Profeffe, le
fut voir pendant que ie difnois, il luy
dit qu'affeurement il n'auoit voulu mal
à fa Compagnie: mais que quelques vns
de leurs Religieux auoient interprété à
mal de ce qu'il auoit embraffé les fenti-
ments de faint Auguftin, touchant la
grace, & de Monfieur Arnaud touchant
la Penitence, apres quelques autres dif-
cours, ledit Pere s'eftant retiré, il me
fit appeller, me dit qu'il eftoit bien foi-
ble, & qu'il croyoit eftre obligé de faire quelque forte de difpofition, il voulut premierement fe confeffer, en fuitte
il me dit, qu'il defiroit auec paffion ef-
crire à fa Majefté, à ce qu'il luy pluft ac-
cepter la Dimiffion volontaire qu'il faifoit de fon Euefché; ie luy dis qu'il y auroit affez de temps en cas que l'on ju-
geaft à propos qu'il le fift; en effet ie l'en
retardé afin qu'il ne le fift point, ayant
efperance qu'il rechaperoit, & qu'il

estoit absolument necessaire pour le bien
de l'Eglise, qu'il continuast ses soins.
Il me fit escrire son Testament, dans lequel aprés auoir pourueu à la satisfa-
ction de ses Seruiteurs, & de ceux au-
quels il pouuoit deuoir quelque chose,
il employe le reste à des exhortations à
diuerses personnes, joignant si bien le
zele d'vn Prélat auec le bon sentiment
de soy-mesme, que parfois on disoit que
c'estoit vne personne pleine de santé qui
defend auec vigueur les intherets de l'E-
glise, & d'ailleurs il s'abaissoit telle-
ment qu'il ne se voulut jamais seruir du
mot *Ie le veux, ie dispose*, ny autres sem-
blables ; protestant qu'il adoroit deslors
la Sentence que Dieu prononceroit sur
luy à l'heure de sa mort comme tres-ju-
ste, quand mesme il le condamneroit,
Il tesmoigna en cette mesme occasion
comme il estoit détaché de l'affection
des choses d'icy bas, ne parlant d'aucu-
ne chose qui le concernast, qu'auec vne
merueilleuse indiference. Ie ne puis ex-
pliquer beaucoup de particularitez qui
feroient mieux voir ce que ie dis. Apres
son Testament il voulut derechef se con-
fesser, & se recueillir pour receuoir le

Viatique ; Vefpres dites on luy apporta l'Euchariftie & l'Extréme-Onction, il pria Monfieur du Four, de vouloir pro-noncer vn peu haut les Oraifons, parce que, difoit-il, *ces Diuines paroles de l'E-glife rempliffent mon Ame de confolation,* il vouloit à toute force fe leuer du lit & fe jetter à terre pour receuoir le S. Sa-crement ; il falut que ie le conjuraffe de fe contenter de fe mettre à genoux fur le lit, ce qu'il fit : mais auec vne ferueur & deuotion fi grande, & des paroles fi embrazées d'vn efprit de penitence & d'amour qu'il arracha les larmes à toute l'affiftance, ayant receu les deux Sacre-ments il fe recueillit, & le foir comme on luy voulut donner des ventoufes ne croyant pas qu'elles deuffent eftre de-coupées, il tremouffa à la premiere, mais aux autres point du tout, non plus qu'à celle qu'on luy donna fur les reins & ne rendit aucun tefmoignage de dou-leur, de forte que les Medecins & Chi-rurgiens, qui difoient que c'eftoit vne efpece de martyre eftoient tous eſton-nez : le lendemain & tout le refte de cet-te femaine fe paffa en diuers accidents, dans lefquels il tefmoigna toufiours vne

resignation merueilleuse & vn tres-
grand desir de sortir de ce monde, il se
confessoit deux ou trois fois le iour, tous
ses entretiens estoient de choses Spirituelles, & le plus agreable & sensible
plaisir qu'on luy peust faire estoit de luy
dire quelque verset des Pseaumes Peni-
tentiaux. Ie me rencontré vne fois que
Monseigneur l'Euesque de Cahors l'étoit
venu voir, & voyant qu'il tiroit à la mort
luy voulut demander sa benediction,
mais il respondit, que c'estoit luy qui auoit
besoin de la sienne, n'estant qu'vn miserable
pecheur, & que s'il auoit seulement la pen-
sée de donner la benediction, il meriteroit
vn atroce supplice. Vne autrefois comme
il ne parloit quasi plus, nous luy deman-
dions surquoy il s'estoit entretenu pendant le temps qu'il auoit demeuré pen-
sif, & il nous respondit qu'il auoit fait six
reflections, la premiere que les hommes ne
cognoissent pas Dieu, & ne conçoiuent pas
sa grandeur, que mesme il ne veulent pas
le bien cognoistre de peur d'estre obligez de
s'abandonner entierement à ses saintes dispositions; il ne peut acheuer le reste,
estant fort pressé. La veille de sa mort
qu'il commençoit quasi d'agoniser, vn

Pere Minime l'estant venu voir, il luy dit, *Pourquoy il n'embraſſoit les bons ſentiments de la grace, & de la penitence; & pourquoy ſe laiſſoit-il traiſner aux nouueautez.* La nuict du 21. au 22. il s'entretint continuellement de quelque verſet des Pſeaumes, la derniere parole qu'il dit, fut, *Domine propitius eſto mihi peccatori,* ſur les deux heures apres minuit il entra en agonie, & ne pouuant plus parler, il ſe fiſt mettre en vn endroit où il pouuoit jetter les yeux ſur vn petit Crucifix que on luy auoit apporté lors qu'on luy donna l'Extréme-Onction, n'en ayant jamais voulu d'autre, diſant que c'eſtoit celuy que l'Egliſe luy auoit donné. Nous remarquaſmes que depuis ce temps-là qu'il perdit les ſentimens, il ne deſtourna jamais les yeux de deſſus cét object, en fin apres auoir agoniſé pendant onze heures ou enuiron, il rendit ſon Eſprit à Dieu, à vne heure apres midy, le Lundy vingt-deuxieſme de May, ayant rendu des teſmoignages ſi grands de ſa vertu, qu'il n'y a perſonne qui n'en aye demeuré fort edifié. Ie puis dire cecy auec verité que c'eſtoit vne Ame tres-pure, & dont les pechez n'eſtoient que de ceux

que le commun des personnes pieuses,
n'estiment que des imperfections tres-
legeres. Voilà (Monseigneur) ce que
i'ay creu estre obligé d'escrire à vostre
Grandeur, touchant la mort de ce grand
Homme, duquel ie n'ay eu la cognoiss-
fance que par vostre faueur ; ce qui m'a
fait resoudre à vous escrire celle-cy auec
toute l'humilité & le respect que ie vous
dois,

MONSEIGNEVR,

Vostre Tres-humble & obeyssant
Seruiteur en IESVS-CHRIST,

F. ANTONIN REGINALD.

De Tholose ce 13.
Iuin, 1645.

es
es
que
ſtre
and
oiſ
m'a
uee
ous

aut

P

www.ingramcontent.com/pod-product-compliance
Lightning Source LLC
Chambersburg PA
CBHW051354060726
47596CB00005B/1913